Analyse de l'œuvre

Par Jessica Hermans

La vie secrète des écrivains

de Guillaume Musso

lePetitLittéraire.fr

Analyse de l'œuvre

Par Jessica Hermans

La vie secrète des écrivains

de Guillaume Musso

lePetitLittéraire.fr

Rendez-vous sur lepetitlitteraire.fr et découvrez :

Plus de 1200 analyses
Claires et synthétiques
Téléchargeables en 30 secondes
À imprimer chez soi

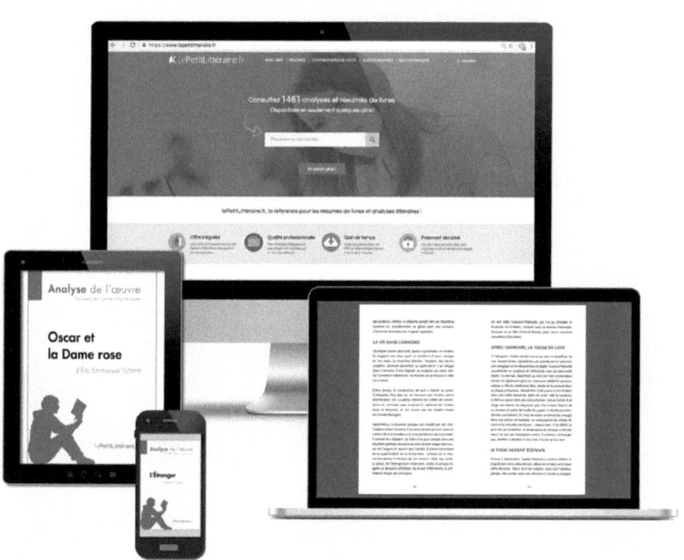

LA VIE SECRÈTE DES ÉCRIVAINS

UN THRILLER INTIMISTE ET LABYRINTHIQUE

- **Genre :** Roman (thriller)
- **Édition de référence** : *La vie secrète des écrivains*, Paris, Le Livre de Poche, 2020, 384 p.
- **1re édition :** 2019
- **Thématiques :** enquête, vengeance, rédemption, inspiration, littérature, réalité, fiction, identité

Nathan Fawles, brillant écrivain au faîte de sa carrière, décide soudainement de se retirer du monde littéraire à l'âge de trente-cinq ans pour s'isoler sur l'île Beaumont, dans la Méditerranée. Vingt ans plus tard, le mystère qui entoure l'auteur demeure toujours entier. Pourquoi a-t-il renoncé à l'écriture ? Quel secret cache-t-il ? C'est ce que tente de découvrir la jeune journaliste Mathilde Monney, tandis qu'un futur auteur en devenir, Raphaël Bataille, essaie d'approcher l'auteur qu'il adule. Mais la tension monte sur l'île lorsque le corps sans vie d'une femme est retrouvé... Le voile des apparences commence alors à se lever pour le meilleur... ou pour le pire.

Ce dix-septième roman de Guillaume Musso, paru en 2019 et très bien accueilli par la critique, est un thriller savamment construit, où l'intrigue et les meurtres permettent d'interroger l'inspiration créatrice et le rapport entre réalité et fiction. Par ces derniers thèmes, il s'agit sans doute de l'un des romans les plus personnels de l'auteur avec *La vie est un roman* (qui poursuit ce jeu habile sur le vrai et le faux et qui, par exemple, mentionne également le personnage de Nathan Fawles). Cet ouvrage constitue par ailleurs une ode à la littérature par un subtil jeu de références, mais aussi par ses questionnements sur l'avenir du livre et des lecteurs.

GUILLAUME MUSSO

ÉCRIVAIN FRANÇAIS

- **Né en 1974 à Antibes**
- **Quelques-unes de ses œuvres :**
  - *Skidamarink* (2001), roman
  - *Et après...* (2004), roman
  - *La vie est un roman* (2020), roman

Guillaume Musso est né en 1974 à Antibes. Très jeune, il se découvre une véritable passion pour la littérature grâce à sa mère qui travaille à la bibliothèque municipale. Durant ses études, il prend goût à l'écriture, par le biais d'un concours de nouvelles proposé par son professeur de français. À 19 ans, il part aux États-Unis et y travaille comme vendeur de glaces. Son amour pour l'Amérique se retrouve d'ailleurs dans nombre de ses romans. À son retour en France, il étudie les sciences économiques et, après l'obtention de son diplôme, devient professeur dans cette matière d'abord dans l'est, puis dans le sud de la France.

En 2001, il publie son premier livre, *Skidamarink*. Mais c'est avec son deuxième roman *Et après...* paru en 2004 que Guillaume Musso rencontre le succès littéraire. Ce roman, inspiré d'un accident de voiture où l'auteur a failli perdre la vie, s'est vendu à plus de deux millions d'exemplaires. Musso devient rapidement un auteur prolifique, publiant un nouveau livre par an, et incontournable de la scène littéraire. Ses livres, vendus en France et dans le monde, sont traduits en près de 40 langues et ont été plusieurs fois adaptés au cinéma.

En 2012, Guillaume Musso a reçu le titre honorifique de Chevalier de l'ordre des Arts et des Lettres. Son frère, Valentin Musso, est lui aussi écrivain.

RÉSUMÉ

PROLOGUE

Le prologue, sous la forme d'une interview du *Soir*, expose le mystère qui entoure l'écrivain Nathan Fawles depuis presque 20 ans. Ce dernier a mystérieusement mis fin à sa carrière après trois succès littéraires pour se retirer sur l'île Beaumont dans la Méditerranée où il se préserve de toute attention médiatique.

PREMIÈRE PARTIE

Mardi 11 septembre 2018

Raphaël Bataille, jeune homme de 24 ans, vient de recevoir un nouveau refus pour son premier manuscrit intitulé *La Timidité des cimes*. Ce refus le pousse à se tourner vers son idole, Nathan Fawles, pour lui demander des conseils. Il trouve ainsi un emploi dans la librairie *La Rose Écarlate* auprès de Grégoire Audibert sur l'île Beaumont, où vit l'auteur retraité.

Mardi 18 septembre 2018

Raphaël s'habitue à l'île et décide d'enfin rencontrer son idole. La rencontre ne se passe cependant pas comme prévu. Nathan Fawles menace Raphaël depuis sa terrasse avec un fusil pour l'empêcher de s'approcher trop près de son domicile. Le jeune homme ignore les coups de feu d'avertissement et demande à son idole de lire son manuscrit, qu'il finit par lui lancer malgré le refus de l'écrivain. Ce dernier glisse et se blesse à la cheville.

Lundi 8 octobre 2018

Nathan, bloqué chez lui depuis trois semaines, est nerveux, car son chien, Bronco, a disparu depuis deux jours. Il demande l'aide de son ancien agent, Jasper Van Wyck, qui fait passer une annonce. Une jeune journaliste, Mathilde Monney, retrouve le labrador, mais exige de le rendre en personne à Nathan. La rencontre a lieu et l'écrivain apprend qu'il a déjà rencontré la jeune femme à Paris en 1998. Le même jour, le cadavre d'une femme torturée est découvert sur l'île.

Mardi 9 octobre 2018

La police décrète un blocus sur l'île qui se retrouve coupée du continent. Laurent Lafaury devient le seul « journaliste » de l'île et profite de l'occasion pour diffuser des nouvelles sans vérifier leur véracité. Ces péripéties suscitent l'inspiration de Raphaël qui se remet à écrire. De son côté, Nathan contacte Jasper Van Wyck pour qu'il effectue des recherches sur Mathilde. Il est enfin libéré de son plâtre quand la jeune femme revient lui rendre visite avec des victuailles, s'invitant ainsi à souper. Elle commence à lui raconter une histoire : celle d'Apolline Chapuis – qui, d'après la police, est la femme retrouvée morte sur l'île – et de Karim Amrani.

Flash-back de 2000 à 2017

Au début des années 2000, Apolline et Karim sont en vacances à Hawaï. Ils y perdent leur appareil photo.

En 2015, après des années de pérégrination au fond de l'océan, l'appareil photo échoue au sud de Taïwan et est retrouvé par une joggeuse américaine qui le ramène avec elle à New York. Elle l'oublie dans l'avion à l'aéroport JFK. Après les délais légaux, l'appareil est revendu à une entreprise d'Alabama spécialisée dans le rachat et la revente des bagages non réclamés.

En 2017, deux Américains, un père et sa fille, achètent l'appareil. Le père le répare et retrace l'itinéraire de l'appareil à partir des photos. Il identifie le couple comme étant des Français. Comme il a l'impression d'être face à un mystère, il décide de contacter une journaliste française anglophone : Mathilde Monney.

DEUXIÈME PARTIE

Mercredi 10 octobre 2018

La tension monte sur l'île, notamment à cause de Laurent Lafaury. Ce dernier poste un article rapportant le passé criminel du couple Apolline et Karim. Nathan est perturbé par Mathilde qui a coupé son histoire en plein milieu. Il décide de poursuivre son enquête sur elle en demandant l'aide de Raphaël, à qui il promet en échange un retour sur son roman. Raphaël accepte. Il apprend ensuite à Nathan tout ce qui se passe sur l'île, y compris le meurtre d'Apolline. Audibert, quant à lui, devient de plus en plus sombre.

Le même jour, à la pointe sud-ouest de Beaumont, Raphaël attend que se vide le *Bed & breakfast* où loge Mathilde. Il se faufile alors dans sa chambre et y découvre l'obsession de la jeune femme pour l'auteur. Il tombe également sur des photos récentes de Karim Amrani et sur des lettres d'amour écrites par son idole. Il les emporte avec lui avant de fuir précipitamment.

Pendant ce temps, Nathan et Mathilde se retrouvent en mer sur le bateau de l'écrivain, afin que la journaliste puisse poursuivre son histoire. Elle lui montre des photos soigneusement sélectionnées sur le fameux appareil photo : on y voit Apolline et Karim, mais également le jeune Théo Verneuil, le 11 juin 2000. Le même soir, le jeune garçon est assassiné avec toute sa famille. Ces meurtres violents n'ont jamais été résolus. Mathilde demande l'aide de Nathan pour résoudre l'enquête. Ce dernier refuse et la jette à la mer.

De retour en ville, Raphaël lit et relit les lettres de Nathan qu'il a dérobées dans la chambre de la journaliste. Lafaury annonce par tweet que Karim Amrani a disparu et qu'on a trouvé une grande quantité de sang chez lui. Lorsque le jeune homme arrive chez Nathan vers 9 heures du soir pour lui faire part de ses découvertes, ils entendent à la radio l'annonce de la découverte du corps sans vie de Karim et la levée du blocus prévue pour le lendemain. Raphaël rend également les lettres à leur auteur, visible-ment bouleversé.

Jeudi 11 octobre 2018

Le jeune libraire passe sa nuit à mener des recherches sur les Verneuil et leur affreux meurtre. Le drame a eu lieu vers 23h45 le 11 juin 2000 dans le XVIe arrondissement à Paris. Le père, Alexandre Verneuil, a eu le visage presque arraché par un tir à bout portant près de l'entrée. Sa femme, Sofia, a été abattue d'une balle en plein cœur près de la cuisine. Quant au fils, le jeune Théo, il est mort d'une balle dans le dos dans le couloir. L'arme serait un fusil à pompe. La police avait également constaté la disparition d'objets de valeur. Ce vol est attribué à Karim et Apolline.

À la suite d'un problème de connexion, Raphaël, qui loge chez Audibert, tombe sur des photos de la famille Verneuil en compagnie de... Mathilde Monney. Pendant ce temps, Nathan reçoit un appel de l'ancienne directrice de la médiathèque de la Maison des adolescents où il avait rencontré Mathilde par le passé. La dame l'informe qu'elle n'a retrouvé la trace d'aucune Mathilde Monney, mais bien d'une Mathilde Verneuil. Raphaël et Nathan découvrent ainsi que Mathilde est en réalité la fille d'Alexandre Verneuil et la petite-fille du libraire, Grégoire Audibert.

Raphaël, de plus en plus intrigué, s'empare de l'ordinateur d'Audibert. D'après un article, la jeune femme n'aurait pas été présente lors des meurtres. Or, il retrouve sur l'ordinateur des photos d'elle ce fameux soir, ainsi que deux vidéos. Il assiste ainsi à l'interrogatoire filmé et la torture à mort de Karim dans la première vidéo et d'Apolline dans la seconde. La femme avoue avant de mourir avoir vu Nathan s'enfuir du parking du bâtiment des Verneuil le soir du meurtre.

TROISIÈME PARTIE

Raphaël réalise que la seconde vidéo a été tournée dans le sous-sol de la librairie et qu'Apolline a été torturée à mort par Audibert. Il fonce trouver Nathan qui lui avoue avoir été présent le soir du meurtre, mais que ce n'est pas lui qui l'a commis. L'écrivain accompagne le jeune homme jusqu'au ferry pour qu'il s'enfuie, car il le sait en danger. Les deux hommes échangent leurs adieux sous la forme d'un débat sur la littérature. Mais au dernier moment, Raphaël quitte le ferry. Il est kidnappé par Audibert.

En voiture, le libraire révèle à son ancien apprenti que c'est lui qui a reçu les photos en premier et non Mathilde. L'autre grand-père de la jeune femme, Patrice Verneuil, et lui ont décidé de venger la mort de leurs enfants en faisant avouer et en tuant ceux qui sont, à leurs yeux, coupables : Karim et Apolline. Mais la révélation d'Apolline convainc Patrice que le tueur est Nathan Fawles. Malade, il ne peut se venger en personne et confie la tâche à sa petite-fille Mathilde. La jeune femme, qui avait refoulé ses souvenirs de la nuit du crime, projette d'assassiner Nathan. Raphaël donne un coup à Audibert qui perd le contrôle du véhicule. La voiture s'écrase et les deux hommes meurent.

Pendant ce temps, Mathilde confronte Nathan et lui raconte sa version des faits. La semaine du meurtre, elle était chez une amie, mais a décidé de revenir pour faire une surprise à Théo. Les deux enfants ont été réveillés par des coups de feu. Elle s'est enfuie avant l'arrivée de la police. Pendant 18 ans, elle a souffert d'amnésie, mais grâce à Patrice, son grand-père, elle s'est souvenue de tout deux semaines auparavant. Elle est convaincue que Nathan est le meurtrier et avoue avoir les lettres d'amour qu'il a écrites à une certaine S. dans le dressing de sa mère. Elle exige des aveux écrits de l'auteur.

Nathan se plie à la volonté de la jeune femme et raconte sa rencontre en 1996 avec Soizic Le Garrec, jeune médecin. Ils sont tombés tous les deux profondément amoureux jusqu'à ce que Soizic meure dans une embuscade en décembre 1998 durant la guerre du Kosovo. Dévasté, Nathan finit par mener une enquête et découvre que l'amour de sa vie a été en réalité assassiné, car elle aidait un journaliste à enquêter sur une affaire de trafic d'organes, dirigé notamment par Alexandre Verneuil. C'est ce dernier qui a tué personnellement Soizic et a fait dissimuler le meurtre. Désireux de se venger, Nathan a fait prévenir Alexandre Verneuil qu'il allait divulguer toutes les preuves à la police et aux médias. Poussé par un mauvais pressentiment, Nathan arrive trop tard pour sauver la famille, mais se bat avec le père et le tue.

Mathilde lit les confessions. Elle réalise cependant que l'ordre de chute des corps ne correspond pas et que le récit de l'écrivain contient plusieurs incohérences. Elle demande à nouveau la vérité. Nathan finit par la lui livrer. Son père a voulu simuler sa mort pour recommencer une nouvelle vie ailleurs. Il a ainsi déniché un sosie qu'il a abattu avant d'assassiner sa famille. Il aurait également tué Mathilde si Nathan n'était pas intervenu à ce moment-là. Par esprit de vengeance, l'écrivain a kidnappé Verneuil et l'a séquestré dans son hangar à bateau pendant 18 ans. Il y emmène Mathilde qui venge sa famille en tuant son père.

ÉPILOGUE

Guillaume Musso se rend sur l'île Beaumont pour dédicacer son nouveau roman à *La Rose Écarlate*. Après être tombé amoureux de l'île où a vécu son auteur préféré, Nathan Fawles, il décide d'y acheter une maison et tombe sur celle de Nathan, qui est justement à vendre. Tout en rénovant, il tente d'écrire *La Timidité des cimes*. Alors qu'il s'imprègne de la présence de son idole, il découvre des ossements dans le hangar, ainsi qu'un roman inachevé de Nathan, *Un invincible été*. Il présente ses découvertes à Jasper Van Wyck, qui s'était également occupé de la vente de la maison, et lui annonce qu'il souhaite écrire un livre inspiré de Nathan Fawles, intitulé *La Vie secrète des écrivains*. Van Wyck, réticent au début, finit par marquer son intérêt et lui envoie même une photo sur laquelle on distingue Mathilde et Nathan avec un bébé.

ÉTUDE DES PERSONNAGES

RAPHAËL BATAILLE

Diplômé à 22 ans d'une école de commerce parisienne pour faire plaisir à ses parents, il jongle depuis avec les boulots alimentaires pour vivre son rêve : devenir écrivain. Malheureusement, au début du roman, âgé de 24 ans, Raphaël Bataille ne parvient pas à faire publier son premier roman *La Timidité des cimes*, qui est refusé par une dizaine de maisons d'édition. Il quitte alors son studio en région parisienne pour vivre et travailler sur l'île Beaumont à la librairie *La Rose Écarlate* tenue par Grégoire Audibert (qui se révélera être le grand-père de Mathilde).

Raphaël apparaît comme un jeune homme rêveur et idéaliste. Malgré son « syndrome du bon élève » (p. 171) qui a peur de transgresser les limites, il développe un côté impulsif, surtout sous l'influence de Nathan Fawles. Il est prêt à tout pour atteindre ses rêves, quitte à abandonner sa vie du jour au lendemain pour accepter un poste loin de chez lui afin de rencontrer son idole. Il est curieux et fidèle jusqu'à la mort, puisqu'il aide l'écrivain reclus à enquêter et refuse de quitter l'île pour épauler son auteur fétiche. Il est également présenté comme un optimiste (par contraste avec Audibert) et un « naïf (...) un peu con » par Nathan (p. 55). Infantilisé par le libraire (qui lui offre une limonade lors de leur rencontre et le traite de « puceau » à la fin), il semble un peu maladroit avec les filles, même s'il n'en demeure pas moins romantique. Il écrivait des poèmes à la petite amie avec laquelle il sortait à la fin de ses études, la troisième dauphine d'un concours de Miss.

Seul narrateur interne (c'est-à-dire qui parle à la première personne du singulier et exprime son point de vue) avec Nathan Fawles lors de ses confessions et Guillaume Musso dans l'épilogue, Raphaël semble ainsi représenter l'une des facettes de l'écrivain. La citation de Gabriel García Márquez en quatrième de couverture dit que : « Tout le monde a trois vies : une vie privée, une vie publique et une vie secrète ». Ces trois vies sont représentées dans le roman par les trois auteurs : Raphaël Bataille, Nathan Fawles et Guillaume Musso. En ce sens, la mort de Raphaël est une mort symbolique : celle de la vie privée au profit de la vie publique ; celle de l'idéalisme et de l'innocence face à la réalité du monde ; celle d'un jeune homme qui, pour réussir son passage initiatique, doit mourir pour renaître sous les traits du Guillaume Musso de l'épilogue.

NATHAN FAWLES

Nathan Fawles est né en juin 1964 à New York. Avec un père américain et une mère française, il est partagé entre la France, où il passe son enfance, et les États-Unis, où il étudie. Diplômé de Yale en droit et en sciences politiques, il est l'auteur de trois romans à succès : *Loreleï Strange*, *Une petite ville américaine*, qui lui vaut le prix Pulitzer, et *Les Foudroyés*. En juin 1999, à l'âge de 35 ans, il annonce alors sa décision de se retirer définitivement du monde littéraire. On découvre à la fin du roman qu'il n'a pas surmonté la mort de son grand amour, Soizic Le Garrec, rencontrée en 1996 et assassinée par Alexandre Verneuil.

Ce drame le transforme en un homme désabusé, peu accueillant, replié sur lui-même et isolé dans sa maison *La Croix du Sud* sur une île perdue dans la Méditerranée. Ses seuls « amis » sont Bronco, son golden retriever, et Jasper Van Wyck, son agent new-yorkais. Solitaire, il aime écouter ses vinyles, fumer et boire du whisky japonais, particulièrement le Bara No Niwa, et se déplace soit à pied soit avec sa Mini Moke. Physiquement, il est de taille moyenne, il a les yeux bleu ciel, les cheveux courts.

Mathilde décrit Nathan comme quelqu'un d'« attentif, d'abordable, mais direct » (p. 82). Au contact de Raphaël et de la journaliste, il apprend à s'ouvrir à nouveau à la vie. Il en vient à encourager l'écrivain débutant, se montre protecteur en essayant de lui faire quitter l'île ou en refusant de dire toute la vérité sur Alexandre Verneuil à Mathilde. Il réapprend à élargir ses horizons et retrouve progressivement son amour pour la littérature. La photo prise par le paparazzi Laurent Laforêt à la fin le montre même fonder une famille avec Mathilde.

Son point de vue est toujours exprimé à la troisième personne dans le roman, à l'exception du moment où il rédige ses aveux à l'instigation de la journaliste. Le chapitre 13 est ainsi le seul chapitre où Nathan s'exprime à la première personne. Il s'inscrit ainsi dans la lignée de Raphaël et de Guillaume Musso dans l'épilogue qui s'expriment, eux aussi, en « je ». C'est donc au moment où il accepte d'écrire qu'il obtient cette caractéristique de la première personne réservée aux seuls écrivains dans le roman. Pour revenir à la citation de Gabriel García Márquez, Nathan représente la vie secrète, celle qu'on essaie de cacher en se réfugiant sur une île loin des médias, celle qui ne se dévoile qu'au moment de l'affirmation en « je ».

À la fin du roman, Guillaume Musso précise qu'il s'est inspiré de différents auteurs pour créer son personnage, parmi lesquels Philip Roth, J. D. Salinger, Milan Kundera ou encore Elena Ferrante. C'est dans ces grands modèles qu'il a puisé notamment le désenchantement de Fawles, son retrait du monde de l'écriture et son éloignement des médias.

MATHILDE MONNEY / MATHILDE VERNEUIL

Mathilde Verneuil est née en 1984. Elle est la fille de Sofia Audibert (1962-2000), une dentiste, et d'Alexandre Verneuil (1954-2018). Ce dernier passe pour un célèbre médecin qui a travaillé dans l'humanitaire, alors qu'il se sert en réalité de ses fonctions pour réaliser un trafic d'organes dans des régions en guerre, n'hésitant pas à tuer pour garantir sa sécurité. C'est ainsi qu'il abat sciemment Soizic Le Garrec, grand amour de Nathan Fawles. Mathilde a un petit frère Théo, né le 11 juin 1989, qu'elle aime profondément et qui est abattu sous ses yeux le jour de ses 11 ans.

Tout comme son frère, elle est assez sensible et souffre dès l'adolescence des secrets de son père. Elle est hospitalisée à 14 ans à la Maison des adolescents, une structure médicale pour jeunes, où elle rencontre pour la première fois Nathan. L'auteur a marqué sa vie grâce à son premier roman, *Loreleï Strange*, qui raconte une situation similaire à celle vécue par la jeune fille. Mais son monde s'écroule le 11 juin 2000 lorsque sa famille est assassinée. À la suite de cet événement dramatique, Mathilde souffre d'amnésie et oublie pendant 18 ans l'horreur dont elle a été témoin.

Sa grand-mère paternelle se suicide de chagrin en 2002. Mais ce n'est qu'en 2018 qu'elle retrouve la mémoire grâce à son grand-père paternel, Patrice Verneuil, ancien policier haut placé. Il lui apprend que Grégoire Audibert, le grand-père maternel de Mathilde, et lui ont essayé de venger la mort de leurs enfants respectifs en torturant et assassinant les coupables. La jeune femme réalise cependant qu'ils étaient sans doute innocents et est convaincue que le véritable coupable n'est autre que Nathan Fawles.

Lorsqu'elle apparaît dans le roman, elle est présentée comme une jeune journaliste suisse pour le *Temps* à Genève et se fait appeler Mathilde Monney. Elle aurait fait partiellement ses études aux États-Unis, à New York, et aurait obtenu un « Master of Sciences degree à l'université Columbia » (p. 133). Raphaël la rencontre à la librairie et la décrit comme « intelligente, drôle, lumineuse » (p. 69). Blonde aux yeux verts, elle ensorcelle par son charme et sa grâce. Nathan en particulier peine à rester insensible devant la jeune femme et à ne pas s'intéresser à son histoire. Convaincu qu'elle tente d'obtenir de lui un scoop, il mène des enquêtes sur elle par personnes interposées (d'abord Jasper Van Wyck, puis Raphaël), mais ne comprendra qu'à la fin qui est réellement Mathilde. C'est à ce moment-là qu'il lui révèle la vérité : c'est son père qui a assassiné sa mère et son frère, simulant son suicide grâce à un sosie.

Mathilde, qui partage avec Nathan un même désir de vengeance, tue alors Alexandre Verneuil, que l'écrivain gardait en captivité dans son hangar à bateau. La paix que l'auteur n'était pas parvenu à atteindre par le kidnapping de l'assassin de Soizic lui est ainsi apportée par Mathilde, ce qui semble confirmé par l'épilogue où le couple apparaît sur une photo en compagnie d'un bébé en poussette.

CLÉS DE LECTURE

UN THRILLER INTIMISTE

La vie secrète des écrivains est un thriller intimiste. Mais en quoi cela consiste-t-il ? Dans une interview diffusée dans l'émission *Sous Couverture* par la RTBF, Guillaume Musso définit le thriller intimiste comme « un roman à suspense dans lequel ce suspense est avant tout mental (…), c'est un roman dans lequel on est davantage au cœur de la vie intime et secrète des personnages » (Musso « LAD – Rencontre avec Guillaume Musso » [en ligne]). Le terme « thriller » vient du verbe anglais « to thrill » qui signifie « faire frissonner ». En français, on le désigne généralement sous le nom de « roman à suspense ».

Son but est donc bien de susciter des émotions intenses chez le lecteur. C'est là sa première caractéristique. Et en effet, dans le roman, le suspense est omniprésent dès la découverte du corps torturé d'Apolline Chapuis. Les pistes se mêlent et s'entrecroisent. Rapidement, le lecteur découvre que ce « simple » meurtre est en réalité lié à d'autres qui ont eu lieu 18 ans auparavant. Les coupables et les motivations fluctuent au fil des histoires de Mathilde et des découvertes de Raphaël jusqu'à ce que la tension atteigne son paroxysme lors des révélations finales de Nathan Fawles.

Au contraire de son ancêtre, le roman policier, le thriller a pour héros non pas un policier, mais une personne capable d'utiliser son intelligence pour résoudre par elle-même un crime mystérieux. Cette deuxième caractéristique est bien présente dans *La vie secrète des écrivains*, puisque la police se montre incapable de résoudre les différents meurtres, que ce soient ceux d'Apolline et de Karim ou de la famille Verneuil. Il a ainsi fallu de nombreux protagonistes, qui trouvent leur héraut en Mathilde, pour assembler toutes les données et faire avouer à Nathan le secret qu'il cachait.

Une troisième caractéristique du thriller réside dans le fait que, souvent, le lecteur dispose de tous les indices nécessaires à la résolution du mystère. Dans le cas présent, ces indices se manifestent surtout par le biais de références intertextuelles, comme nous le verrons ultérieurement.

En outre, les romans à suspense ont comme quatrième caractéristique d'accélérer le rythme du récit pour intensifier le suspense. *La vie secrète des écrivains* n'échappe pas à cette règle. En effet, tandis que le début du récit se déroule sur plusieurs jours, à partir du 8 octobre, la cadence augmente jusqu'au dénouement intense du 11 octobre, qui commence à la fin de la deuxième partie du roman et comprend l'entièreté de la troisième.

Enfin, une cinquième caractéristique du thriller est qu'il s'accompagne généralement d'un châtiment, infligé la plupart du temps par un justicier individuel, représenté par Mathilde dans le roman, car c'est elle qui restaure un sentiment de justice en abattant le meurtrier de son frère.

En ce qui concerne le côté intimiste du roman, il est effectivement prépondérant puisque les événements les plus atroces, les meurtres tragiques de la famille Verneuil, ont eu lieu des années auparavant. Guillaume Musso insiste donc sur le côté psychologique des personnages qu'il nous montre de plus en plus ébranlés émotionnellement à mesure que leur passé les rattrape. C'est d'ailleurs à mesure que ce passé devient accessible au lecteur que le suspense s'épaissit.

LE LABYRINTHE DES APPARENCES : PERDU ENTRE RÉALITÉ ET FICTION

Lorsque Raphaël Bataille visite pour la deuxième fois l'intérieur de *La Croix du Sud*, la maison de Nathan Fawles, il estime qu'elle se situe « entre la caverne d'Ali Baba et celle de Platon » (p. 203). L'intérieur de la maison de Fawles est à l'image du roman lui-même : d'une part, il est riche en merveilles, en indices comme *La vie secrète des écrivains* l'est en références et en pistes ; d'autre part, il est difficile de distinguer le vrai du faux, la réalité de la fiction. Ce deuxième point rappelle l'allégorie de la caverne de Platon (428/427 - 348/347 av. J.-C.). Racontée dans la *République*, cette allégorie évoque la difficulté de faire la distinction entre fiction et réalité : des gens sont attachés dans une caverne. Prisonniers, ils ne voient que des ombres d'objets, projetées sur les parois. Ne connaissant rien d'autre, ils sont convaincus qu'il s'agit de la réalité.

Or, tout le livre de Guillaume Musso emprisonne le lecteur dans une trame narrative à plusieurs niveaux qui le fait osciller entre réalité et fiction, à tel point qu'à la fin, après l'épilogue, l'auteur donne même des pistes supplémentaires au lecteur pour distinguer le vrai du faux, comme s'il se sentait obligé de l'aider à sortir de la « schizophrénie » du romancier.

Si le thriller semble mettre du temps à se lancer (dans la mesure où le premier meurtre ne survient qu'au chapitre 3), c'est pour mieux emprisonner le lecteur dans sa toile. L'histoire commence de manière relativement désinvolte : le mystère tourne autour de la raison qui aurait pu pousser un auteur aussi talentueux que Nathan Fawles à renoncer à l'écriture pendant vingt ans, puis s'en distancie pour nous raconter les déboires littéraires du jeune Raphaël Bataille qui lutte pour faire publier son roman *La Timidité des cimes*. Le lecteur est ensuite écarté de l'intrigue principale à diverses reprises pour s'interroger sur le meurtre d'Apolline Chapuis (chapitre 3) et surtout sur celui de la famille Verneuil (chapitre 7). Telle Mathilde, le lecteur en vient à se persuader que la vérité sera la lumière au bout du tunnel dans cette caverne labyrinthique de mensonges, d'illusions, de fausses pistes. Ce n'est évidemment qu'à la fin du roman qu'on découvre la vérité. On comprend ainsi le rôle joué par Fawles et on réalise que le mystère qui entoure l'écrivain n'est pas tant le sien que celui qui le lie aux Verneuil. L'épilogue vient cependant semer le doute sur la sortie du dédale. Guillaume Musso intervient comme personnage pour clore l'histoire dans l'épilogue. Il dit avoir commencé un roman intitulé… *La Timidité des cimes*. Cette mise en abyme fait ainsi douter le lecteur d'être réellement sorti du labyrinthe de la fiction.

Mais cette prison labyrinthique dans laquelle se trouve le lecteur dépasse le stade de l'intrigue générale. D'autres éléments du livre contribuent à effacer la mince frontière entre la réalité et la fiction. Tout d'abord, la présence de genres de textes variés (et de type plutôt informatif ou injonctif) au sein même du roman ancre le lecteur dans un réalisme qui fait douter du caractère fictif de certains personnages ou situations. On retrouve ainsi : un prologue sous forme d'article paru dans *Le Soir* ; une lettre de refus type de Calmann-Lévy, la maison d'édition qui a réellement édité *La vie secrète des écrivains* (préface du chapitre 1) ; un entretien de Nathan Fawles à l'AFP (préface du chapitre 2) ; un arrêté préfectoral (préface du chapitre 4) ; un extrait de l'émission *Bouillon de culture* avec Bernard Pivot (préface du chapitre 6)...

De plus, l'identité douteuse de certains personnages fait planer l'ombre perpétuelle de l'illusion et du mensonge. Cela se manifeste de façon relativement évidente dans le cas de Mathilde Monney, qui est en réalité Mathilde Verneuil. Cela se voit également, mais de façon moins évidente, dans la triple figuration de l'écrivain, représenté respectivement par Raphaël Bataille, Nathan Fawles et Guillaume Musso lui-même, qui semblent par moment représenter trois aspects d'un même homme. Il en va de même pour Laurent Lafaury, le journaliste qui s'adonne aux *fake news*, nouvelle manifestation du mensonge et de la duperie. En effet, à la fin du roman, Guillaume Musso reçoit une photo de Nathan Fawles prise par un certain Laurent Laforêt, un pseudo-journaliste qui a joué les paparazzis. Lafaury et Laforêt semblent représenter la même personne, la tromperie allant jusqu'à l'orthographe du nom. Mais on peut aussi légitimement se demander s'il est vraiment possible de se fier à cette photo, dernière trace pourtant de Nathan Fawles avant la fin du livre.

Origine et définition du concept

Dans son livre *Palimpsestes. La littérature au second degré*, le théoricien Gérard Genette (1930-2018) définit le concept de transtextualité – relations qu'un texte peut entretenir avec d'autres – et en distingue cinq. L'une de ses relations est l'intertextualité. La notion d'intertextualité apparaît dans les années 1960 dans le cadre des travaux de Tel Quel, un groupe de théoriciens. C'est chez l'un d'entre eux, Julia Kristeva (née en 1941), que l'on retrouve l'une des premières définitions. Dans une étude sur Mikhaïl Bakhtine (1895-1975), spécialiste russe de la littérature, elle affirme en effet que « tout texte se construit comme une mosaïque de citations, tout texte est absorption et transformation d'un autre texte » (Kristeva 1969 : 85).

L'intertextualité chez Guillaume Musso

Cette relation intertextuelle qui existe entre un texte et d'autres qui l'ont précédé est souvent inconsciente ou implicite. Elle est cependant pleinement assumée par Guillaume Musso dans *La vie secrète des écrivains*. Les nombreuses références littéraires parsèment son livre du début à la fin, à tel point que l'auteur a même réservé un point entier de son ouvrage à consigner ces références (p. 371-373). Ces relations entre les textes peuvent se décliner de diverses manières, les principales étant la citation, le plagiat et l'allusion.

La citation

Tout d'abord, en ce qui concerne les citations, l'auteur les emploie allègrement sous la forme d'épigraphes (citations placées au début des chapitres) qui donnent des indices au lecteur attentif pour élucider le contenu de chaque chapitre. Dans le roman de Guillaume Musso, ces citations se suffisent généralement à elles-mêmes dans la mesure où il n'est pas indispensable de connaître les œuvres dont elles sont issues pour les comprendre ou percevoir le lien avec le roman.

Le « plagiat »

Pour ce qui est du plagiat, Guillaume Musso n'y a évidemment pas recours (puisque cette pratique est illégale de nos jours). Il y adresse néanmoins des clins d'œil par le biais d'autoplagiat sous la forme d'une mise en abyme. En effet, on retrouve à trois reprises dans le roman le passage suivant :

> « Chapitre 1.
> Mardi 11 septembre 2018
> Le vent faisait claquer les voiles dans un ciel éclatant.
> Le dériveur avait quitté les côtes varoises un peu après 13 heures et filait à présent à la vitesse de cinq nœuds en direction de l'île Beaumont. »

Il s'agit du début du premier chapitre du livre de Guillaume Musso (p. 27-28), qui est repris plus loin par le personnage Raphaël Bataille quand il décide d'écrire un nouveau roman sur les mystères qui entourent l'île (p. 107-108).

Le même extrait revient une dernière fois sous la plume du Guillaume Musso fictif de l'épilogue qui souhaite écrire un livre sur le mystère Nathan Fawles (p. 359).

L'allusion

Les allusions, quant à elles, constituent des relations plus délicates avec d'autres œuvres. En effet, il est souvent nécessaire de connaître les textes d'origine pour pouvoir percevoir et comprendre leur importance dans le roman. Mais ce jeu de références culturelles ne se limite pas aux seules œuvres littéraires. Plusieurs références cinématographiques, musicales ou artistiques offrent un éclairage nouveau à l'histoire. Ainsi, par exemple, lorsque Mathilde s'invite à manger chez Nathan Fawles avant de lui raconter la première partie de sa longue histoire, elle lance la musique du film *Le Vieux Fusil*. Or, ce film de 1975 a pour thème la vengeance : celle d'un médecin qui a perdu sa famille dans un crime abject commis par des soldats SS en 1944 et qui se débarrasse des assassins à tour de rôle. C'est précisément ce que Mathilde entreprend de faire. C'est la raison initiale qui la pousse à se rapprocher de Nathan Fawles jusqu'à ce qu'elle découvre la vérité et tue le véritable coupable : son propre père.

MÉTAFICTION : MISE EN ABYME ET JEU DE MIROIR

Guillaume Musso a recours à plusieurs techniques de métafiction qui renforcent l'oscillation entre réalité et fiction. La métafiction consiste en une autoréflexion dans les œuvres de fiction. Elle questionne ainsi le rapport au texte par divers biais (mise en abyme, personnage conscient d'être un personnage, etc.).

> **Le saviez-vous ?**
>
> Le terme de « mise en abyme » apparaît en littérature chez André Gide (1869-1951) en 1893 dans son *Journal* et sera mis en pratique dans son roman *Les Faux-monnayeurs*. Gide affirme reprendre ce terme au procédé des blasons. Il s'agit plutôt des écus, mais le procédé reste le même. En effet, l'art héraldique veut qu'un petit écu soit placé à l'intérieur d'un plus grand et soit ainsi « en abyme ». La théorie littéraire a repris ce terme par métaphore.

Définition de la mise en abyme

L'oscillation entre réalité et fiction est renforcée par la technique de mise en abyme utilisée par Guillaume Musso. Dans *Le récit spéculaire*, Lucien Dällenbach définit la mise en abyme comme étant « toute enclave entretenant une relation de similitude avec l'œuvre qui la contient » (Dällenbach 1977 : 18). Il s'agit donc le plus souvent d'une œuvre dans l'œuvre, par exemple un roman dans le roman.

Exemple de mise en abyme

La mise en abyme parsème le roman. L'exemple le plus flagrant réside dans le fait que l'histoire est écrite par un auteur (Guillaume Musso) qui parle d'un auteur débutant (Raphaël Bataille) qui cherche des conseils auprès d'un auteur confirmé (Nathan Fawles). De plus, leurs romans se renvoient en miroir. Ainsi, Raphaël a écrit *La timidité des cimes* (refusée par les éditions Calmann-Lévy) et commence un nouveau roman intitulé *La vie secrète des écrivains*. Le Guillaume Musso fictif de l'épilogue peine à avancer sur son nouveau livre, *La timidité des cimes*, et envisage d'écrire un nouveau roman, *La vie secrète des écrivains*. Or, c'est le titre que l'auteur réel a choisi pour son œuvre véritablement publiée aux éditions Calmann-Lévy et qui commence exactement de la même façon que celle de son double fictif de l'épilogue et de Raphaël (comme nous l'avons vu dans le point précédent). Le roman se contient donc lui-même par ce jeu de miroir.

Autre exemple de métafiction

Les personnages écrivains du roman ont connaissance des techniques littéraires et des règles de la fiction qui s'appliquent à l'histoire et semblent savoir par moment qu'ils sont des personnages. Nathan Fawles sait que, si une arme est mentionnée par un romancier, l'un des protagonistes mourra à la fin de l'histoire tué par cette même arme (p. 230). Fawles pensait que ce serait lui qui serait abattu, alors qu'il s'agissait en réalité d'Alexandre Verneuil. Mais la règle s'est effectivement appliquée. Plus loin, après avoir embarqué sur le ferry, Raphaël pense à *La vie secrète des écrivains* et se voit comme le narrateur de ce roman, ce qui est véritablement le cas (p. 253). Au moment de mourir, il ne comprend pas pourquoi un auteur tuerait « son narrateur à quatre-vingts pages de la fin de son histoire » (p. 267). Or, c'est précisément le nombre de pages qu'il reste avant que le roman ne se termine. La mort de Raphaël est donc aussi la mort d'un personnage au profit de l'omniscience de l'écrivain.

PISTES DE RÉFLEXION

QUELQUES QUESTIONS POUR APPROFONDIR SA RÉFLEXION...

- Quels éléments du roman corroborent la citation de Gabriel García Márquez présente en quatrième de couverture : « Tout le monde a trois vies : une vie privée, une vie publique et une vie secrète... » ?

- Qu'est-ce qu'une mise en abyme et qu'apporte-t-elle au récit ?

- Citez d'autres éléments d'intertextualité qui apportent un éclairage nouveau sur le récit.

- Quel parallélisme peut-on voir entre les conditions météorologiques sur l'île et les émotions ressenties par les personnages ?

- À la page 116, Guillaume Musso cite Philip Roth qui dit que « le roman fournit à celui qui l'invente un mensonge par lequel il exprime son indicible vérité. » En quoi cette citation est-elle représentative de *La vie secrète des écrivains* ?

- La vengeance est-elle libératrice pour les personnages ? Pourquoi ?

- En quoi peut-on voir dans ce roman une ode à la littérature ?

- Quelle vision sur la littérature les différents personnages conçoivent-ils ?

- Quels liens peut-on voir entre *La vie secrète des écrivains* et *La vie est un roman* (le dix-huitième roman de Guillaume Musso) ?

POUR ALLER PLUS LOIN

ÉDITION DE RÉFÉRENCE

- Musso G., *La vie secrète des écrivains*, Paris, Le Livre de Poche, 2020.

ÉTUDES DE RÉFÉRENCE

- Dällenbach L., *Le récit spéculaire. Essai sur la mise en abyme*, Paris, Seuil, 1977.

- Genette G., *Palimpsestes. La littérature au second degré*, Paris, Seuil, 1982.

- Kristeva J., *Sèmeiotikè. Recherches pour une sémanalyse*, Paris, Seuil, 1969.

- Musso G., « LAD - Rencontre avec Guillaume Musso » (2019), in *www.rtbf.be*, consulté le 20/08/2021. URL : https://www.rtbf.be/culture/article/detail_la-vie-secrete-des-ecrivains-le-nouveau-thriller-intimiste-et-sanglant-de-guillaume-musso?id=10199486.

- Musso G., *Site officiel de Guillaume Musso*, consulté le 20 août 2021. URL : https://www.guillaumemusso.com/.

- Rospars J.-P., « Thriller », in *www.universalis.fr*, consulté le 25 août 2021. URL : https://www.universalis.fr/encyclopedie/thriller/.

SOURCES COMPLÉMENTAIRES

- Références citées dans Musso G., *La vie secrète des écrivains*, Paris, Le Livre de Poche, 2020, pp. 371-373.

lePetitLittéraire.fr

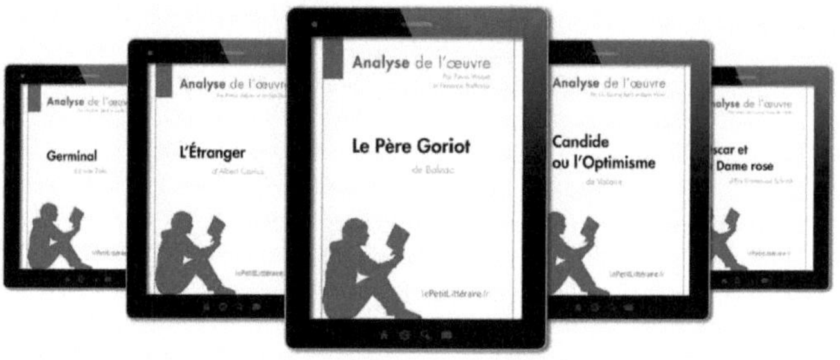

- un résumé complet de l'intrigue ;
- une étude des personnages principaux ;
- une analyse des thématiques principales ;
- une dizaine de pistes de réflexion.

Retrouvez
notre offre complète sur
lePetitLittéraire.fr

www.lepetitlitteraire.fr

ISBN version numérique : 9782808023436
ISBN version papier : 9782808023443
Dépôt légal : D/2021/12603/65

Conception numérique : Primento,
le partenaire numérique des éditeurs.